AF876003

LORENZO SILVA

MIS VIAJES CON PAPÁ

Con ilustraciones de Anna Clariana

Bruño

Me encanta viajar con papá.
Con él los viajes empiezan antes de subir al coche, al tren o al avión. Cuando me cuenta, mientras hacemos las maletas, lo que vamos a descubrir.

Si vamos en coche, a veces lo lleva él, a veces mamá, pero papá siempre pone música, nos cuenta historias y, si se anima, hasta canta. Aunque lo haga regular.

Si vamos en tren, siempre me hace fijarme en el paisaje.
Donde el tren para y no bajamos,
me dice que bajaremos algún día.
Y lo que podremos ver entonces.

Si vamos en avión, siempre se sabe lo alto y lo rápido
que vuela, y me deja la ventanilla para que vea todo pequeñito
ahí abajo y cómo subimos por encima de las nubes.

Pero con papá hago otros viajes, para los que no hace falta avión, ni tren, ni coche. Lo único que se necesita, dice papá, es abrir los ojos y los oídos y prestar atención.

Viajamos, para empezar, en nuestro propio barrio. Vamos, por ejemplo, a un rincón escondido del parque. «¿Ves? —me dice—. Esto aún no lo habíamos descubierto».

Viajamos en el metro, también. En el metro no se ve paisaje, porque va bajo tierra. «Aquí el paisaje es la gente —dice papá—, mira, cada uno tiene su historia».

Viajamos cuando vamos con mamá a la compra.
Papá toma un plátano, o una piña, o un kiwi, y con la fruta en la mano me lleva a los lugares exóticos de los que vienen.

Y viajamos, sobre todo, por la noche antes de dormir.
Cuando papá se acerca a su cofre del tesoro,
así llama a la estantería, saca un libro y empieza a leer.

Ahí, sentados los dos sobre la cama, empieza el viaje
que nos lleva más lejos, a cualquier sitio en el que hayáis estado,
a cualquiera que os podáis imaginar.

Me acuerdo de que una vez llegamos con unos náufragos
a una isla misteriosa, en medio del Pacífico,
que es un mar que está al otro lado del mundo.

Me acuerdo de que otra vez viajamos al Norte,
con un joven aventurero que se llamaba Colmillo Blanco,
que no sabía si era un perro o un lobo y podía ser las dos cosas.

Me acuerdo de que muchos días acompañamos
a un caballero que veía gigantes en vez de molinos.
Con él subimos a los montes y acabamos llegando hasta el mar.

Me acuerdo, también, de navegar en un submarino alrededor del mundo y de cuando descubrimos el dugongo, un animal que nadie en mi cole había visto nunca.

Me acuerdo de cabalgar con unos mosqueteros que iban desde París hasta Londres, que salvaban reinas en apuros y comían y bebían hasta caer redondos al suelo.

Me acuerdo de haber entrado por un volcán en Islandia hasta el centro de la tierra, y allí abajo haber visto monstruos marinos y plantas gigantes.

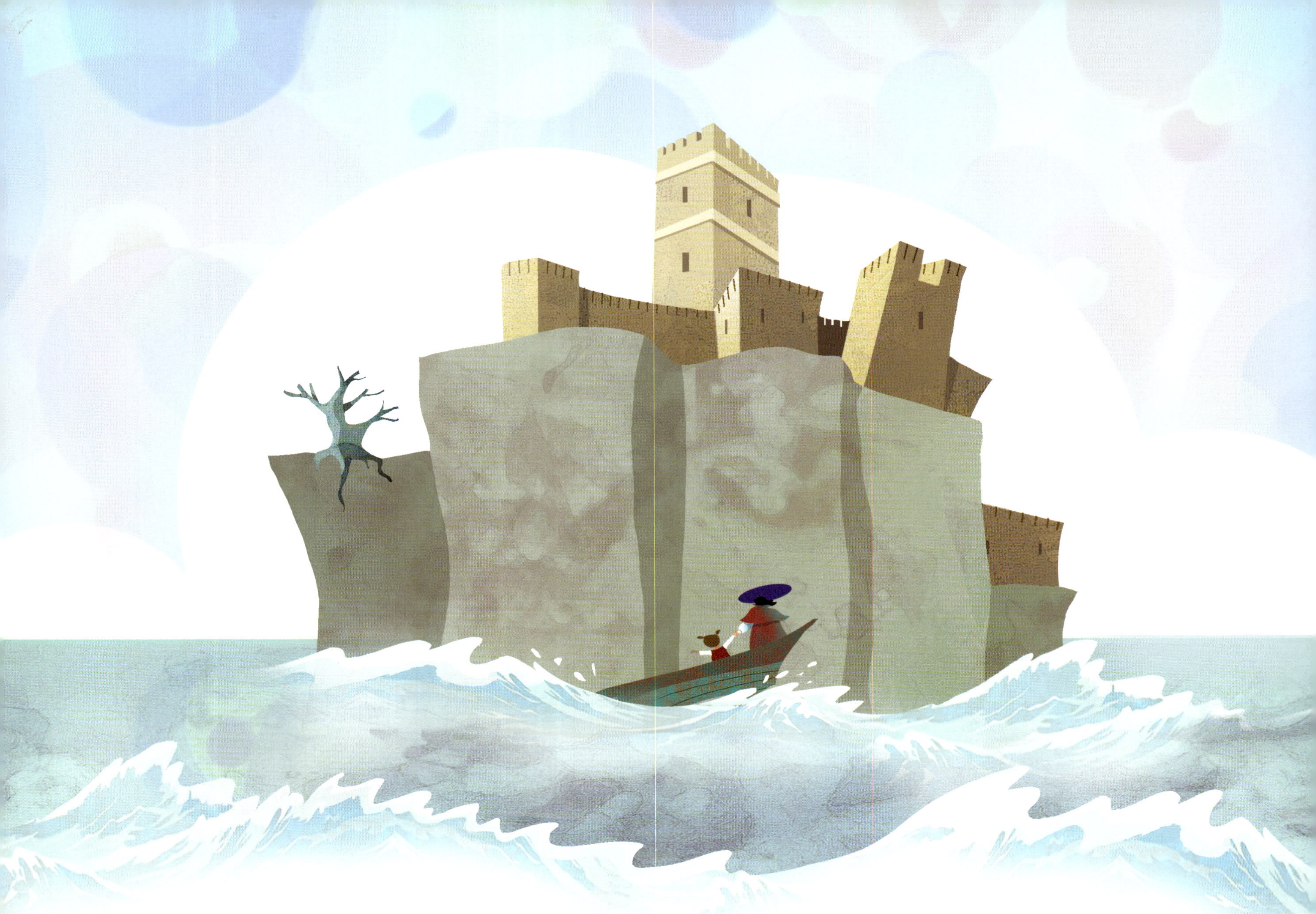

Me acuerdo de llegar con un joven marino a una isla desierta
y encontrar allí un tesoro. La isla se llama Montecristo.
Papá dice que existe. Que iremos un día.

Me acuerdo de haber viajado con un niño llamado Jim
en un barco lleno de piratas. Llegamos a otra isla,
también había un tesoro, pero no nos lo llevamos entero.

Me acuerdo de haber zarpado en otro barco para navegar alrededor del mundo, en busca de una ballena blanca a la que perseguía un capitán loco.

Me acuerdo de cuando crucé un jardín con un caracol que se llamaba Viskovitz. Para él era tan enorme, y se movía tan despacio, que era un viaje larguísimo.

Me acuerdo de seguir a una niña que se llamaba Alicia
hasta un país de maravillas donde todos eran raros
y las cosas y las personas cambiaban de tamaño.

Me acuerdo de haber acompañado a otra niña
que se llamaba Wendy a un país donde se podía volar
y donde los niños vivían solos toda clase de aventuras.

A todos estos sitios, y muchos más, he ido con papá sin salir de mi cuarto. Y en todos he aprendido algo, aunque no lo entendiera todo. Papá dice que no hay prisa.

Lo mismo me dice mamá, que también me lee historias por la noche, y que a veces se sienta con nosotros para escuchar las que compartimos papá y yo.

«Un día —me dicen los dos—,
viajarás tú sola, volverás a esos sitios
y lo entenderás todo. Y algún día, serás tú
quien lleve a otro niño o a otra niña de viaje».

Papá dice que ese es el mejor de los viajes.
El que haces para otro, aunque tú
ya te sepas lo que vas a encontrarte.
Yo eso tampoco termino
de entenderlo.

Lo que sé es que me encantan mis viajes con papá.
Que me gusta saber que los hace para mí. No me importa
a dónde sean. Siempre que vayamos los dos juntos.

Para Núria, inmejorable compañera de viaje.
L. Silva

Para Mariona y Jan,
y todos los viajes que aún nos quedan por hacer.
A. Clariana

© Texto: Lorenzo Silva, 2024
© Ilustraciones: Anna Clariana, 2024
Ilustradora representada por IMC Agencia Literaria

© Grupo Editorial Bruño, S. L., 2025
Valentín Beato, 21; 28037 Madrid
Dirección Editorial: Begoña Lozano
Edición: Cristina González
Preimpresión: Equipo Bruño

ISBN: 978-84-696-4195-8
D. legal: M-27332-2024
Printed in Spain

Primera edición: febrero 2025

Reservados todos los derechos. Queda rigurosamente prohibida, sin la autorización escrita de los titulares del *copyright,* bajo las sanciones establecidas en la ley, la reproducción total o parcial de esta obra por cualquier medio o procedimiento, comprendidos la reprografía y el tratamiento informático, así como la distribución de ejemplares mediante alquiler o préstamo públicos. Pueden utilizarse citas siempre que se mencione su procedencia.

www.brunolibros.es

PAPEL DE FIBRA CERTIFICADA